AF336287

Ye

21304

ÉPITRE

A Mr. A. PHILIDOR,

PENSIONNAIRE DU ROI;

Par un Citoyen ignoré dans la République des Lettres.

« Je veux que le cœur parle ou que l'auteur se taise,
» Ne célébrons jamais que ce que nous aimons ».
VOLT. *Épître sur l'Agricult.*

Prix, 12 s.

A LONDRES;

Et se trouve A PARIS,

Chez ANDRÉ HARDOUIN, Libraire, cloître
Saint-Germain-l'Auxerrois, petit Portail;

Et chez les Libraires qui vendent les Nouveautés.

M. DCC. LXXX.

ÉPITRE

A Mr. A. PHILIDOR,

PENSIONNAIRE DU ROI.

Au sujet de l'honneur que l'Impératrice de toutes les Russies vient de lui faire, en écrivant à Paris pour avoir la partition de son Carmen seculare, qu'elle veut faire exécuter à Saint-Pétersbourg, dans tout l'appareil & le costume usité dans l'ancienne Rome.

ENFIN au gré de la raison
Qui parle au sage & qui l'inspire,
Ton art, tes talens, & ton nom
Toi-même, peut-être & ta lyre
Vont voler par un ordre exprès
Jusques dans ce nouvel empire
Où Minerve même respire
Entre les beaux arts & la paix.
Digne ami ! toi que je puis dire
Etre vraiment cher à mon cœur !
Qu'il m'est doux de voir le bonheur
Venir d'aussi loin te sourire,
Sans intrigue & sans protecteur !
Et que j'ai de plaisir à lire
Ces mots qui te font tant d'honneur,
Et qu'une reine qu'on admire,

A

Même en voyageant vient d'écrire (1)
Pour te couronner en vainqueur !
L'heureuse & douce jouissance
A qui sent bien.... ce beau moment
Doit ranimer ton existence,
Et te rendre de préférence
A jamais heureux & content.

Quel avenir vient t'apparaître ?....
Tu vas vivre jusqu'à cent ans :
Ah, mon cher ami, que le tems
Sur notre globe est un grand maître !
Comme un seul jour.... quelques instans,
Transforment & changent notre être !
Et que les dieux sont consolans
Quand ils calment nos maux présens,
Et puis, qu'ils les font disparaître
Pour nous combler de leurs présens !

Ainsi que mille autres peut-être,
Tu ne fus pas toujours heureux ;
Eh ! qui peut se vanter de l'être ?....
Tendre époux, ami généreux,
Voulant tout voir & tout connaître,
Aimant la vie & vivant bien,
Sans jamais chercher à paraître ;
Si tu fus un bon citoyen
Ce ne fut pas dans l'opulence,
Et dans le tems, tu t'en souviens,
Nous en jasions de confiance
Dans nos familiers entretiens,.....
Tout est changé..... ces vains nuages
Dans les airs se sont dissipés,

---

(1) La lettre est du 13 juillet, & est insérée au Mercure
du samedi 26 août 1780.

(3)

Tes yeux de riantes images
Et de plus doux rayons frappés,
N'envisagent plus ces orages
Que sous des aspects enchantés,
Et tu n'as plus de tous côtés
Que les succès & les hommages
Qui naissent des prospérités,
Et que méritaient des ouvrages
Qui jusqu'à Moscou sont vantés......

Te voilà dans un nouvel être
Qui ne t'offre plus que des fleurs.
Contente-toi de ces douceurs
Et jouis du vrai bonheur d'être,
Sans jamais altérer ces mœurs
Dont l'ordre & la regle peut-être
Te rendent meilleur à connaître,
Que tes deux talens supérieurs.
Ayant peu, mais toujours ton maître
Tu ne dois rien qu'à ces talens.
Fidele image des parens
Qui dans leur amour t'ont fait naître,
On ne t'a point vu chez les grands
T'intriguer, ni te compromettre
Par quelques traits bas & rampans,
Et bien moins encore te soumettre
Aux caprices d'un petit maître
Pour lui vendre cher ton encens.
Et qu'importe à notre bien-être,
Le coup-d'œil de ces importans ?
De l'aisance, & la paix de l'ame
Des amis & la liberté,
Une douce société,
Du bon vin.... une aimable femme
Qui nous ramene à la gaieté

Lorſque quelque calamité
Oſe nous en couper la trame :
Voilà les biens, la volupté
Et le conſolant avantage
Du philoſophe & du vrai ſage.
Avec un livre & la ſanté,
Dans ce délicieux aſyle
Où chacun des tiens vit en paix,
Tu les poſſedes, tu le fais,
Jouis-en près d'une famille
Qui pour toi-même a tant d'attraits,
Et ſemble être unie à jamais
Pour vivre contente & tranquille
Dans les plaiſirs qu'elle s'eſt faits,
Loin du faux brillant d'une ville
Où paſſe pour être imbécille
L'honnête-homme qui vit en paix.
Cher ami, de tous les ſyſtêmes
C'eſt le plus ſimple & le meilleur ;
Il eſt honnête, il parle au cœur,
Et nous met bien avec nous-mêmes.
N'eſt-ce pas-là le vrai bonheur ? . . . . .

Sous le fardeau qui nous accable
Qu'il ſoit donc notre ſeul recours.
Pardonnons tout au cœur coupable,
Faiſons le bien, fuyons les cours
La ſoupleſſe & ſes faux entours,
L'intrigue baſſe & mépriſable
Et ces hommes trompeurs & fous,
Qui ne donnent que des dégoûts
Dans leur commerce inſupportable.
Enfin pour adoucir le cours
D'un ſonge, hélas ! trop peu durable,
Jouiſſons dans un cercle aimable

(5)

Des ris, des jeux & des amours,
Jufqu'à ce moment redoutable
Où coupant le fil de nos jours,
La mort !.... la mort inexorable
Nous endormira pour toujours.

O toi l'unique bienfaitrice
Des favans en tous lieux épars !
Grande reine pour la juftice,
Les grands talens & les beaux-arts !
Toi qui, gouvernant tes empires,
Et par les mœurs & par les loix,
Es l'émule des plus grands rois.
Dans ces climats où tu refpires,
Et qu'on ignoroit autrefois.....
Pourfuis..... acheve ta carriere
Au fein des glorieux projets,
Dont le plan en paix, comme en guerre,
Ouvre nos yeux à la lumiere
Et t'immortalife à jamais.
Qu'il eft beau de voir une reine,
Allant en des pays lointains (1),
S'occuper des foibles humains,
Dans le char brillant qui l'entraîne,
Et remunérer fur la Seine,
A la face de l'univers,
Les arts & les talens divers
Que dans fes états elle enchaîne.
C'eft par ces traits majeftueux
Que ta gloire en tous lieux éclate
Et qu'elle atteindra jufqu'aux cieux.

---

(1) C'eft dans tout le fracas faftueux de l'entrevue de l'em-
pereur à Mohilow, que cetté grande reine fonge aux petits
objets, & envoye mille roubles en préfent à l'auteur du
Carmen feculare.

Jadis aux rives de l'Euphrate,
Sémiramis ne fit pas mieux.
Tel on a vu vers la Baviere,
Occupé des plus grands objets
Ce héros..... ce foudre de guerre,
Légiflateur de fes fujets,
Faire, la campagne derniere,
L'apothéofe de Voltaire,
En attendant qu'il fît la paix.....

C'eft ainfi que par les fciences
Et par le génie éclairés,
Les rois conquérans enterrés
Font pardonner à leurs vengeances ;
Et que par les grands fentimens
Dont, à côté d'affreux penchans,
Leur ame eft imbue & nourrie,
Ils triomphent, dans l'autre vie,
De la médifance & du tems.

*Consolant & délicieux ressouvenir du passé,
à Miss JENNY ATHALY PEL..., du
Manoir de Rozeill en l'Isle de Jersey.*

« UN bois était auprès du monastere,
» Auprès du bois une onde vive & claire
» Fuit & revient, & par de longs détours
» Entre les fleurs elle poursuit son cours.
» Flore & Pomone, & la féconde haleine
» Des doux zéphyrs parfument ces beaux
   » champs.
» Sans se lasser l'œil charmé s'y promene :
» Le paradis de nos premiers parens
» N'avait point eu de vallons plus rians,
» Plus fortunés, & jamais la nature
» Ne fut plus vive, plus belle & plus pure....
» L'air qu'on respire en ces lieux enchantés,
» Porte la paix dans leurs cœurs agités,
» Et des soucis calmant l'inquiétude,
» Fait aux humains aimer la solitude.....»

Ces vers d'un homme célebre semblent avoir
été faits pour cette isle délicieuse.

Ce qu'on en dit en cette épître, loin d'être
exagéré, n'est qu'une très-faible peinture du
paysage enchanté de toutes ses parties..... C'est
proprement l'isle d'Armide décrite si joliment
dans le *Tasse*, & celle du *Camoiens* dans la
Lusiada, avec cette exception que les mœurs
y sont aussi pures que l'hermine & que l'air qu'on

y refpire ; ce font les vertus du premier âge.....
Tous les navigateurs qui ont voyagé dans les
quatre parties du monde, s'accordent à dire qu'en
Afie même ils n'ont point vu d'ifle auffi délicieufe,
auffi charmante par la beauté de fon fite, par la
maniere unique dont la nature femble avoir pris
plaifir à la boifer. Par tous fes grands chemins
ombragés en berceaux de tilleuls, entrelacés
de rofes, de chevrefeuils, de feringats & de
jafmins, qui, en ce beau moment du coucher
d'un foleil pur, qui a embrafé l'air & auquel
fuccede cette fraîcheur agréable qui comprime
& concentre mieux les parfums, répandent fous
ce couvert les odeurs les plus vives & les
plus exquifes. Par la belle culture de fes terres,
par le bel afpect de fes prairies entrecoupées
de ruiffeaux d'une eau pure, fuyant & ferpen-
tant en cafcades qui fe rendent dans la mer,
dont le profpect majeftueux enchante & tranf-
porte en tout tems l'ame du fpectateur fenfible ;
enfin par la beauté & la propreté des villages
qui l'embelliffent, & l'hofpitalité de fes habi-
tans, qui, de tous côtés, annoncent l'aifance,
l'abondance & la bonhomie, enfans précieux
du commerce, des bonnes mœurs & de la
liberté. C'eft fur-tout au retour de Londres &
de Paris qu'il eft doux de revoir ces campagnes
fortunées, & de rêver feul dans ces folitudes
touchantes & tranquilles, où on fe retrouve
avec foi-même, où, en réfléchiffant à fes cha-
grins paffés, & s'efforçant d'oublier la per-
fidie & les attentats de fes femblables, on
apprend à fe mieux connoître & à être bon
& compatiffant, & où enfin, loin du tumulte

& du fracas de ces deux superbes capitales ,
& des excès dans tous les genres qui s'y com-
mettent jour à jour, on jouit de soi-même
dans la paix de l'ame , dans le calme & le
silence des passions.....

O vous , dignes & compatissans insulaires ,
depuis les notables jusqu'aux derniers ! vous qui
m'avez si humainement , si généreusement ac-
cueilli dans l'infortune des infortunes , recevez
de moi ce foible hommage que je dois en tribut
à la bienfaisance & à la franchise , & à cette
bien plus foible marque d'une grande recon-
noissance que j'espere étendre par de-là même
mon tombeau !.....

« *Vivère bis , vitâ posse priore frui*.....»
Essais de MONTAGNE.

AH ! madame la Présidente,
Il est bien dur de vous quitter ,
Ce fatal instant m'épouvante !
Mais enfin mon cœur suit sa pente
Et rien ne peut plus m'arrêter.....
Je pars , je vais me transporter
Dans un séjour où tout m'enchante.
Vous avez beau vous emporter ,
Dire que vous êtes charmante,
Que vous savez intéresser ,
Qu'à mon âge il faut renoncer
A ces délices de la vie ,
Dont l'usage fait qu'on s'oublie ,
Et nous empêche de penser.

J'en conviens..... Mais mon Athalie,
Ses beaux bras, sa mine jolie,
Sa vive humeur, ses cheveux longs,
Son sein d'albâtre & sa folie,
Ses yeux, sa taille & ses chansons
Me ramenent à cette amie,
Et valent mieux que vos raisons.
Que d'attraits !..... & quelle conquête !
Lorsque l'on aime, & qu'on n'a rien,
Mais Athalie est fort honnête,
Et ne m'aime pas pour mon bien.....
Cette divine créature
N'a cependant pour tous ayeux
Que les seuls dons de la nature,
Son enjouement & ses beaux yeux, &c...
N'est-ce pas-là l'œuvre des dieux,
Et le modele des maîtresses ?
Hélas ! mesdames les duchesses,
Vous ne valez ma foi pas mieux,
Avec vos flatteuses tendresses
Et vos entours majestueux.....

    C'est ainsi, divine Athalie,
Que loin de toi, toujours constant,
Dans un château de Normandie,
Où le ridicule amusant
Nous tenait lieu de comédie,
Je me riais de la folie
D'une veuve de cinquante ans
Qui se croyait encore jolie,
Et qu'un conte, un vrai jeu d'enfans,
Qui n'est qu'une plaisanterie,
Ramenant mon ame ravie
A toi-même, & tes sentimens
Me retrace encor les momens

De cette époque si chérie
Où je vis tes attraits charmans
La premiere fois de ma vie.....

Te souvient-il, ma chere amie,
De ce beau jour si fortuné,
Où par le malheur entraîné,
Monté sur un vieux cheval-pie
Qu'à *Roseill* (1) on m'avoit donné,
L'air interdit & consterné,
J'arrivai dans ta métairie ?
Te souvient-il, comme attendrie
De la douleur qui m'accablait,
Tu tombas presque évanouie
Dans les bras d'une jeune amie,
Qui de tout son cœur s'efforçait
De te rappeller à la vie ?.....

Non, je ne l'oublirai jamais
Ce jour heureux, où tes attraits,
Ta pitié, ton tendre sourire,
Ta prévenance & ton air frais
Me consolerent du martyre
Que depuis six mois j'endurais
Pour avoir voulu trop écrire
Et mettre au grand des forfaits,
Que des sots que je méprisais
Avaient tramés pour me détruire.

Te rappelles-tu ces momens,
Ces délicieuses journées,
Où, charmé de tes doux accens,

____

(1) Joli petit havre en l'isle de Jersey, pour les simples bar-
quettes, resserré dans les terres, & ombragé délicieusement
en berceaux par la simple nature.

Je te jurois dans mes sermens,
De venir toutes les années
Te revoir en ces lieux divins
Où les graces sont enchaînées,
Où moi-même, pressant tes mains,
Je bénissois ma destinée,
Sous les tilleuls & les jasmins,
Qui dans cette isle fortunée
Parfument tous les grands chemins ?

Oui, tu t'en souviens, chere amie,
Tu me l'as prouvé par des faits,
Par ta lettre honnête & polie
Ecrite à ces dignes Anglais
Dont l'accueil & la bonhomie
M'ont ranimé quand j'expirais !.....
Tu l'as prouvé, belle Athalie,
Par tes larmes, par tes regrets,
Quand, sous cette treille fleurie,
Et de ta main même embellie
De roses, de lys & d'œillets,
De tes beaux bras je m'arrachais
Pour retourner dans ma patrie
Et revoir encor les Français.....
Ah, que j'aime mon infortune !
Quand je me rappelle aujourd'hui,
Tes soins, ton ame peu commune,
Ton bon cœur qui fut mon appui,
Ta tendre pitié, tes alarmes,
Ces vertus, ces mœurs & ces charmes
Qui sont perdus pour ton ami !

O malhéur ! dont souvent la somme
Nous accable sans se lasser
Que tu nous apprends à penser !

Et que tu rends fervice à l'homme
Lorfque fous ton poids qui l'affomme
Tu viens encor mieux l'affaiffer !.....
Enivré d'un bonheur fuprême
Dont il a trop long-tems joui,
Il eft loin du plaifir extrême
De fentir comme il a fenti ;
Infipide, incapable, même
De s'attendrir & d'être ému,
Et de confoler ce qu'il aime
Quand ce qu'il aime a tout perdu !.....
Le malheur ceffe, un nouvel être
Succede à des fens émouffés ;
Ses defirs font plus empreffés,
De l'univers il fe croit maître.
Tout rit à fes yeux ranimés ;
Et du fein de la léthargie
Qui tenait fon ame engourdie
Et lui rendait tout ennuyeux,
Il renaît pour une autre vie
Et pour des inftans plus heureux.
Telle une eau vive & refferrée
En ces réfervoirs précieux,
Qu'un fol orgueil étale aux yeux
Dans une opulente contrée
Où les gens riches font des dieux ;
Telle, dis-je, cette eau preffée
Par les refforts ingénieux
D'une machine compliquée
Qu'admirent tous les curieux,
Plus rapide & plus comprimée,
Dans l'air avec force échappée,
Fuit & s'élance jufqu'aux cieux
Devant la canaille étonnée
Qui fuit de l'œil l'onde égarée,

Et qui n'en raisonne pas mieux.

C'est ainsi que j'ai vu mon ame,
Frémissant des complots pervers,
Dont le crime ourdissoit la trame,
Se raffermir dans les revers.
C'est par eux que je t'ai connue,
C'est à moi de tout oublier,
Hélas ! lorsque mes yeux t'ont vue,
J'ai su vivre & tout pardonner !.....
Ah ! si je vois la paix se faire
Et se conclure incessamment,
Que j'aurai de contentement
De revenir en Angleterre,
Et revoir avant mon trépas,
Cette solitude riante
Où mille amours suivaient tes pas,
Où loin du bruit & du fracas,
Toujours nouvelle & plus charmante,
Tu nous disais à vingt-cinq ans
Des choses & des mots plaisans
Qu'à peine on dirait à cinquante.....
Où ce thé si délicieux,
Que nous versait ta main chérie,
Nous semblait être l'ambroisie
Que la jeune Hébé verse aux dieux.....
Où mon ame enfin rajeunie,
Songeant à des plaisirs nouveaux,
Promenait sa mélancolie
Sous les ombrages en berceaux
De cette isle heureuse & jolie
Où tous les hommes sont égaux.....
Oui, j'y viendrai, belle Athalie,
J'en jure par tes yeux charmans,
Par ton ame & tes sentimens,

Par tes graces & ta folie.
Voilà mes vœux & mes fermens ,
Fais-m'en d'autres….. je t'en défie.
Et fi dans ces heureux momens
Les dieux difpofent de ma vie ,
Tu fermeras mes yeux mourans ,
C'eft l'unique fin que j'envie !

Heureux cent fois !….. avant vieillir
L'homme de bien qui peut mourir
Auprès du digne objet qu'il aime ,
Qui voit chez lui la beauté même
S'empreffer à le fecourir ,
Gémir à fon heure derniere ,
Pleurer , fe confondre en foupirs ,
Et dans la douleur qui l'attere
Ne plus former d'autre defirs
Que ceux de mourir la premiere !
Prêt à terminer fa carriere ,
L'amitié qui fit fes plaifirs ,
Ferme fes yeux à la lumiere.
Son ame exempte des remords
De la mauvaife confcience ,
Sans crainte defcend chez les morts ,
Et toute entiere à l'efpérance
Va chercher fur les fombres bords
Sa couronne & fa récompenfe……

I N.